고통의 축제

정현종 시선

고통의 축제

오늘의 시인 총서 11

민음사

차례

차례

독무

1

사막에서도 불 곁에서도
늘 가장 건장한 바람을, 한끝은
쓸쓸해하는 내 귀는 생각하겠지.
생각하겠지 하늘은
곧고 강인한 꿈의 안팎에서
약점으로 내리는 비와 안개,
거듭 동냥 떠나는 새벽 거지를.
심술궂기도 익살도 여간 무서운
망자들의 눈초리를 가리기 위해
밤 映窓의 해진 구멍으로 가져가는
확신과 열애의 손의 운행을.

알겠지 그대
꿈속의 아씨를 좇는 제 바람에 걸려 넘어져
腫骨뼈가 부은 발뿐인 사람아, 왜
내가 바오로 서원의 문 유리 속을 휘청대며 걸어가는
지를

한동안 일어서면서 기리 눕는
그대들의 화환과 장식의 계획에도
틈틈이 마주 잡는 내
항상 별미인 대접을.

하여, 나는
세월을 패물처럼 옷깃에 달기 위해
떠나려는 정령을 마중 가리.
부족으로 끼룩대는 속을 공복을
大海魚類 등의 접시로도 메우고
冠을 쓴 꿈으로도 출렁거리며
가리 체중 있는 그림자는 무동 태우고.

2

지금은 율동의 방법만을 생각하는 때,
생각은 없고 움직임이 온통
춤의 풍미에 몰입하는

영혼은 밝은 한 색채이며 大空일 때!
넘쳐오는 웃음은
……나그네인가
웃음은 나그네인가, 왜냐하면
고도 세인트 헬레나 등지로 흘러가는 영웅의
영광을 나는 허리에 띠고
왕국도 정열도 빌고 있으니. 아니 왜냐하면
비틀거림도 나그네도 향그러이 드는
고향 하늘 큰 입성의 때인
저 낱낱 찰나의 딴딴한 발정!
영혼의 집일 뿐만 아니라 향유에
젖는 살은 半身임을 벗으며 원앙금을 덮느니.

낳아, 그래, 낳아라 거듭
자유를 지키는 천사들의 오직 生動인 불칼을 쥐고
바람의 핵심에서 놀고 있거라
별 하나 나 하나의 점술을 따라
먼지도 칠보도 손 사이에 끼이고.

화음

—— 발레리나에게

그대 불붙는 눈썹 속에서 일광
은 저의 머나먼 항해를 접고
화염은 타올라 踊躍의 발끝은 당당히
내려오는 별빛의 서늘한 勝戰 속으로 달려간다.
그대 발바닥의 火鳥들은 끽끽거리며
수풀의 침상에 상심하는 제.

나는 그 동안 뜨락에 家雁을 키웠으니
그 울음이 내 아침의 꿈을 적시고
뒤뚱거리며 가브리엘에게 갈 적에
시간은 문득 곤두서 단면을 보이며
물소리처럼 시원한 내 뼈들의 風散을 보았다.

그 뒤에 댕기는 음식과 어둠은
왼 바다의 고기떼처럼 살 속에서 놀아
아픔으로 환히 밝기도 하며
오감의 絃琴들은 타오르고 떨리어
아픈 혼만큼이나 싸움을 익혀가느니.

그대의 숨긴 극치의 웃음 속에
지금 다시 좋은 일이 더 있을리야
그대의 질주에 대해 궁금하고 궁금한 그 외에는
그대가 끊임없이 마룻장에서 새들을 꺼내듯이
살이 뽑고 있는 빛의 갑옷의
그대의 서늘한 승전 속으로
망명하고 싶은 그 외에는.

사물의 정다움

의식의 맨 끝은 항상
죽음이었네.
구름나라와 은하수 사이의
우리의 어린이들을
꿈의 병신들을 잃어버리며
캄캄함의 혼란 또는
괴로움 사이로 인생은 새버리고,
헛되고 헛됨의 그 다음에서
우리는 화환과 알코올을
가을 바람을 나누며 헤어졌네
의식의 맨 끝은 항상
죽음이었고.

죽음이었지만
허나 구원은 또 항상
가장 가볍게
순간 가장 빠르게 왔으므로
그때 시간의 매 마디들은 번쩍이며
지나가는 게 보였네

보았네 대낮의 햇빛 속에서
웃고 있는 목장의 울타리
木幹의 타오르는 정다움을,
무의미하지 않은 달밤 달이 뜨는
우주의 참 부드러운 사건을.
어디로 갈까를
끊임없이 생각하며
길과 취기를 뒤섞고
두 사람의 괴로움이 서로 따로
헤어져 있을 때도
알겠네 헤어짐의 정다움을.

불붙는 신경의 집을 위해
때때로 내가 밤에 깨물며
의지하는 붉은 사과, 또는
아직도 심심치 않은
오비드의 헤매는 침대의 노래
뚫을 수 없는 여러 운명의
크고 작은 입맛들을.

무지개 나라의 물방울

물방울들은 마침내
비껴오는 햇빛에 취해
공중에서 가장 좋은 색채를
빛나게 입고 있는가.
낮은 데로 떨어질 운명을 잊어버리기를
마치 우리가 마침내
가장 낮은 어둔 땅으로
떨어질 일을 잊어버리며 있듯이
자기의 색채에 취해 물방울들은
연애와 無謀에 취해
알코올에, 피의 속도에
어리석음과 시간에 취해 물방울들은
떠 있는 것인가.
악마의 정열 또는
천사의 정열 사이의
걸려 있는 다채로운 물방울들은.

기억제 1

금인 시간의 비밀을 알고 난 뒤의
즐거움을 그대는 알고 있을까
처음과 끝은 항상 아무것도 없고
그 사이에 흐르는
노래의 자연
울음의 자연을.
헛됨을 버리지 말고
흘러감을 버리지 말고
기억하렴
쓰레기는 가장 낮은 데서 취해 있고
별들은 天空에서 취해 있으며
그대는 중간의 다리 위에서
어쩔 줄을 모르고 있음을.

공중놀이

하늘 아득한 바람의 신장!
바람의 가락은 부드럽고 맹렬하고
바람은 저희들끼리
거리에서나 하늘에서나 아무 데서나
뒹굴며 뒤집히다가
틀림없는 우리의 잠처럼 오는
계절의 문전에서부터 또는 찌른다
정신의 어디, 깊은 데로
찌르며 꽂혀오는 바람!
비애 때문에 흩어지는 바람
비애 때문에 모이는 바람
벌거벗고 입으며
아 재빠르고 반짝이는 시간의 銀鱗을
보기 위해 벌거벗고 입으며……

그리고
별들은 아이들처럼 푸르게
달님은 자기의 빛 꼭대기에서
황혼의 끝자락을 놓으며

새벽의 푸른 빛을 잡으며
놀고 있구나
참 엄청나게 놀고 있구나

기억제 2

나는 밤새도록 집에 없었네
술을 마시며
만족의 바닥 없는 늪 속을
낯선 데로 구걸하며 가고 있었네
그대들 애처로운 불빛들을 달고
뚜렷한 악동들이 되어 뚜렷하지 않은
길을 따라 빈객으로 오신 그대들,
바깥에는 바람이 불고
나는 밤새도록 집에 없었네.

그즈음의 내 집은
문전까지 출렁이는 바다가 와 닿아
애인이 보내주는 바람과 물결 위로
달빛이 하늘에서 떠나듯이
나는 떠나서 흘러들고 있었고
그리고 바뀌는 바람소리 때문에
또는 시달리고 있었네.

구걸하며 빈객으로 오신 그대들

어떻게 먼 길을 별빛이 별빛에게
건너가고
죽음이 따로따로 되어
거리에 다채롭게 넘치고 있음을
아는 그대들은 보았겠지
나 밤새도록 지붕 위에 올라가
떨며 앉아 있음,
뜨겁게 뜨겁게 떨며 앉아 있었음을.

……마침내 그대들은 떠났다
흘러간 시간의
기억의 빛 속에 사랑받으며
불명한 길을 따라 떠나갔다
만남도 떠남도 그대들의 무술인 양.

센티멘탈 자아니

—— 成鎭 형께

너도 알거라만
참 변하지 않는 거 있지
그 분의 가는 길의
有情한 바람
일종의 취기를

어느 선술집에서거나
그 댁 犬公도 웃으며 좋아하고
하나님도 싱긋 웃고 지나가시고
더 말할 거 없는
너도 다 아는 일

또 알거라만,
너는 보았는지
가장 즐거운 취중의
그 분의 쓸쓸한 웃음
내가 들어본 일이 있는
기적 소리 같은
그 분의 상말씀을

원수 같은 그 정감은
한없이 어디서 오고 있을까
짐도 흘러가고 빚도 흘러가게 하는
다 아는 정감은……

만나보면 늘 여로
때때로
떠도는 자들을 업어주며 가시는
센티멘탈 자아니

참 변하지 않는
원수 같은 그 정감
일종의 취기
가장 즐거운 취중의
그 분의 쓸쓸한 웃음을
너도 다 알거라만

주검에게

노래하리 나는
고인의 동행 내 구름에 불놓는 너의 가열을
잘 아는 두 입술의 세밀한 예감이며
너의 깜깜한 渺芒의 시장기의
거인과 질풍을.

거리에서도 열렬히 筋骨 속에 잠입하여
내 영육은 급해 어둠이 혹은 번뜩인다는 사실을.
흉벽에 한없이 끈적거리며
불붙는 너는
달려 달려라고 소리치며
무서운 성실을 彈奏한다.

보아 너의 주는 모래와 어둠을 열며
하늘 바닥에 굽이이는 나무의 뿌리눈들
서른두 개의 치아의 육친인
별…… 치아여
한없이 매여 도는 느닷없는 원무여.

뜬눈과 오한으로
뜬눈과 오한으로 이 신랑의 燈明은
떨리이니
냅뜨는 너의 심연을 내 위기로 압박하여
오오 나는 파도치리.

여름과 겨울의 노래

왜 新衣를 입고 나간 날의
검은 비 있지
나의 신의와 하늘의
검은 비가 헤어지고 있는 걸
알고 있지.
알지 문득 깬 저녁잠 끝의
순수 외로움의 무한 고요,
그대 마음속의 빈 자리가
결국 모든 사람의 자연인 달빛이나
시간의 은혜로써 채워질 뿐임을.
가도 머리 둘 곳이 없는 기러기나
아득한 종달새가
모두 천공으로 떨어졌을 때
땅에는 겨울 눈이 내리고
죽음도 내리어

그 분이 그 분이……라고 불리는
死者의
기억과 소문은 빙빙 돌다가

우리의 식당 안에서 갈피를 잡을 때
허나
죽은 자는 그들의 장례마저
가르치지 않는다는 그대의
믿음, 행동의 흥분이여.

굴뚝 연기의 검댕으로도 저희는 다시
저희들의 얼굴을 치장할 수가 있습니다
하늘의 별로도 저희는
저희들의 길을 알 수 있습니다
겨울엔 늦잠 끝의 아침을 보고
여름엔 여름 옷을 입겠습니다
큰 바람도 겹치는 지금은
오래 살고 싶을 내장을 버리면서
힘센 사냥꾼 오리온좌에 쓰러져 저희들로 하여금
밤참을 먹도록 해주세요.
한때는 겨울이 세상을 지배하고
다시 여름이 세상을 지배해도
뜨거운 밤참을 차리는

날개로 된 식탁의 다리들을
거대한 망치로 두들기게 해주세요.
일을 하는 목수의 자유 속에
여름과 겨울 사이로 달리는
푸른 손의 열 가락을
기쁨의 한가운데로 밀어넣게 해주세요.

저희들의 승리가 비록
거리에서 별을 바라보는 일일지라도.

외출

한기가 물에 스며
얼고 있는 물의 마음
하염없는 정감으로 별빛만
있고 바람만 있는 여기
모래의 마음으로
지금은 바깥을 걷고 있네

골수에 빠져 있는 우수며
지껄이며 오는 욕망 또는
머리에 가득 찬 의식의 불
사이서 믿을 수도 없이
장난하고 싶은 마음으로
공부하고 싶은 마음으로
걷고 있네 봄밤의 길을

공기는 낮에 시달리다가
지금은 고요와 고요의 다리가 되어
街燈의 공기는 가등 곁에서
나무의 공기는 나무 곁에서

제 것인 색채와
제 것인 가락으로 흐르고 있지만

여기 우리는 나와 있네
고향에서 멀리
바람도 나와 있고 불빛도
평화가 없는 데를 그리움도 나와 있네

빛나는 처녀들

달밤에 나와 달을 한 번 보듯
그대 비 오는 날의 우의처럼
바람도 못 가리며 나를 입고
맞아라 맞아라며 입고
손가락을 붉게 겹쳐
한없이 꼭대기로 떨어뜨리며
자궁의 춤을 접고 마침내
자기의 생명의 끝에서
다시 생명을 본 그대

비 오는 날 저는 비
바람 부는 날 저는 바람이었어요
수없는 빗방울이 몸에 다 아프고
수없는 바람이 다 제 숨을
번쩍이며 끓게 하여
학교도 거리도 꿈도
다 무서웠어요
저의 삶인 제 방이 무서웠어요
아마 포도주를 마셨지요

병과 하나님을 나란히 놓고
아마 즐거웠는지……
아마 베개에도 피가 흐르고 있었는지……

꿈속에 고향을 본 그대
아직 보지 못해 없는
고향에게는 그리움뿐인 그대
산 아이도 죽은 아이도
다 그대의 길을 놓고 있고
햇님 아래 달님 아래
그냥 강약조의 보행, 그리고
길 뒤에 맑게 되어 흘러가는
기억의 빛
지나간 데서 새들처럼 모여
비추는 조명,
배를 띄우는 바다, 명암의 유동
강약조의 맑은 아씨여.

데스크에게

그러면 날개를 기다릴까,
내 일터의 木階段이
올라가지는 않고
빨리빨리 올라가지는 않고
내려가고만 있는데
차 한 잔에 머리 두고
불명 때문에 제가 성이 나 있는데.

나 눈으로 보던 빛 그릇
청천 하늘이,
지금은 天軍도 잠들어
일터와 집 사이에 대개 쓰러져 있지만,
내 일터의 책상 네 귀에서
나는 그냥 아주 작은 난쟁이가 되어
자꾸 아래로 굴러 떨어지고 있지만

그러나
그러면 날개를 기다릴까
어리석다

그리고 부러운 자가 있는 것 같다
구름이나 기차
구름이나
기차, 또는 거북이나
차별 없는 폭풍이.

밝은 잠

저의 잠은 많이
울고 있다
떠도는 것 중에는 다 스며서
혼자 하품하는 사람의 외로움과
호주머니 속에 가고 있는 길에도
스며서
반복은 즐거우냐고 묻는
시간의 목소리에
차를 따르는 소리 등으로 응답하며,
결심하지 않아도 오는 잠
그러나 죽음은 누울 데가 없는
바다의 파도의 잠

저의 잠은 많이
울고 있다
밤이 자기의 문을 깊이 잠근 뒤
별빛들이 밤의 잠긴 문을 두드리는
소리가 불꽃처럼 일어난 뒤,
한 아침이 다른 아침에게 가서

빛을 깨우고
아침들은 그때 청명히 일어나
빛을 서로 던지기 시작할 때

저의 잠은 아마 또
조금씩 깨면서 울고 있다
결심하지 않아도 나오는
노래처럼

교감

밤이 자기의 심정처럼
켜고 있는 街燈
붉고 따뜻한 가등의 정감을
흐르게 하는 안개

젖은 안개의 혀와
가등의 하염없는 혀가
서로의 가장 작은 소리까지도
빨아들이고 있는
눈물겨운 욕정의 친화

술 노래

물로 되어 있는 바다
물로 되어 있는 구름
물로 되어 있는 사랑
건너가는 젖은 목소리
건너오는 젖은 목소리

우리는 늘 안 보이는 것에 미쳐
병을 따라가고 있었고
밤의 살을 만지며
물에 젖어 물에 젖어
물을 따라가고 있었고

눈에 불을 달고 떠돌게 하는
물의 향기
불을 달고 흐르는
원수인 물의 향기여

흐르는 방

길을 일으키기 위해 길을
달리면서 얻은
땀 중의 소금을 음식에 치면서
정든 길과 안개에 입맞추며 간다.

아직 보지 못한 불명의 범행들이
저 삶의 마른 뼈 사이로
또 거듭 피를 흐르게 한다
잠이 없는 편협한 피를.

다시 저 빗소리가
편안한 집을 짓고 있고
빗소리의 소리의 흐르는 벽이
다만 사랑하는 방을 꾸미고 있다.

처녀의 방

모든 모서리로부터 일시에
일어서는 공기,
머나먼 유년으로 떠나는
희고 찬 날개를 단 바람,
문득 주문을 잃어버리는 40인의 도둑,
완전한 말만을 허락하는
그대의 방

책들은 다 닫으시지요
피는 부스럭거리고
열려 있는 문은 무력해요
피는 부스럭거리고
물의 색깔은 참 여러 가지인데요……
그러나 듣지 마세요 그대
모든 끝과 이별을 사랑할 수 있을 때까지

어느 때는 아마
세상에서 가장 큰 것은 침대이지만
그대 마침내

다시는 옷을 입지 않고 항해에 오를 때
그대 살 속에 파도를 들을 때
자기의 깊음과 죽음을 다 보겠네

스며들면서 나는
살아 있는 모든 가구 속으로
공기와 먼지의 인력 속으로
다만 기체로서 스며들면서……

바람 병

저 밖의 바람은
심장에서 더욱 커져
살들이 매어달려 어둡게 하는
뼈와 뼈 사이로 불고

그리 낱낱이 바람에 밟히는 몸은
혹은
손가락에 리듬의 금환을 끼며
머나먼 별에게 춤추어 보이기도 하네

집

떠남도 허락하고
돌아감도 허락한다
떠나는 길과 끝나는 길이
만나서
모든 도중의 하늘에
별을 빛나게 하고
흘러가는 모든 것들을
한 번의 폭포로 노래하게 한다.

한 마리의 잃어버린 양은
목동이여 찾아 헤매는 그대 마음인데
부는 바람과 흐르는 시내가
자비와 쓸쓸함으로 온다 한들
어떤 편안한 잠이
그대의 소유와 상실을 덮어줄까
어떤 길이 마침내
죽음에게 길을 열어줄까.

안정은 제 마음을 버리고

강물에 비치는 고향
때때로 무의식으로 우는 이마
깨어서도 젖는다.

상처

한없이 기다리고
만나지 못한다
기다림조차 남의 것이 되고
비로소 그대의 것이 된다

시간도 잠도 그대까지도
오직 뜨거운 병으로 흔들린 뒤
기나긴 상처의 밝은 눈을 뜨고
다시 길을 떠난다

바람은 아주 약한 불의
심장에 기름을 부어주지만
어떤 살아 있는 불꽃이 그러나
깊은 바람소리를 들을까

그대 힘써 걸어가는 길이
한 어둠을 쓰러뜨리는 어둠이고
한 슬픔을 쓰러뜨리는 슬픔인들
찬란해라 살이 보이는 시간의 옷은

구애

얼굴을 보여주렴 밤에
모든 빛이 잠들면서
그러나 그리움의 골수로부터 빛들은 살아나는
밤에
그대 눈을 보여주렴.

美化의 슬픔과 슬픔의 미화를
다 여행가방 같은 데 구겨 넣고
한없이 흔들며 흔들어보며
분장의 명수인 밤이
가르쳐주는 모든 분장술로
보여주렴
그대의 눈과 얼굴을.

살아 있는 제가
마침내 혼자 있는 얼굴
그대의 혼자 있는 눈을
사랑할 수 있을 때까지.

한밤의 랩소디

불에 타서 향그러운 향
재가 뿌리는 향기
정신이 아픈 하염없는 취기
망명하는 죽음, 그대의 망명.

죽음이 性이 되어 리듬을 회복하고
불탄 리듬의 재로써 거듭
머리를 씻는 그대
오오 유쾌한 시간의 병.

소리 없이 흐르는 물에 갇혀
샅에서 춤추는 전신은
아마 알고 있네
그대의 모든 신음의 진수를.

만월 자궁 속에 들어간 힘찬
시간의 고통의 질주
죽음의 외교적 가면
모래 흐르는 바닷가의 물결 소리를.

불에 젖는 재의 연습
다시 떠나는 일만이 남아 있고
그대 가득 찬 단식의 소식에
가지가지 양념을 보내드리네.

자기의 방

그는 자기의 방으로 들어간다. 밤.

금도 아닌 생업으로 가득 찬 낮의 거울 속에는 아무도 없다. 대낮 아래서 춤을 추는 연애와 산업을 위해 해님은 자기의 얼굴을 달빛으로 바꾸고 싶다. 물리학자의 딸을 닮은 시간은 부서져 천당 같은 찻집으로 쫓겨 들어간다. 마침내 낮은 시녀처럼 어둠의 발을 씻기 시작한다.

그는 자기의 방으로 들어간다. 밤.
자기의 방은 비로소 출항이고 방 전체가 등불이고
마침내 방 전체가 파도이다. 어디에 가서 닿을 수 있을까? 정신의 밝은—어두운 밤이 찾아가는 항로의 끝에는 다시 수평선이 응답처럼 가만히 누워 있다. 그러나 어디에 가서 닿을 수 있을까.

그대의 가장 끝인 살
땅이 끝까지 걸어간 데, 바다
발 속에 갇혀 있는 진정한 날개
소멸하므로 가장 빛나는 불

결코 아래로 아래로 떨어지는 눈물
……

  어디에 가서 닿을 수 있을까. 저 어여쁜 잠을 지나 다
채로운 약속을 지나 불타는 신경처럼 가느다란 모험의
통로를 지나, 때로는 푸념하고 때로는 그것도 못 하는
고통을 지나 모래를 빚어서 삶을 만들고 만들고……
  우리의 유머러스한 평화.

  밤새 흔들리는 파도.
  갈 데가 없는 기쁨, 갈 데가 없는 슬픔이
  저의 방에 와서 놀고 있다
  자기의 방은 무덤처럼 불편하고 길처럼 편안하다.

꽃 피는 애인들을 위한 노래

겨드랑이와 제 허리에서 떠오르며
킬킬대는 만월을 보세요
나와 있는 손가락 하나인들
욕망의 흐름이 아닌 것이 없구요
어둠과 열이 서로 스며서
깊어지려면 밤은 한없이 깊어질 수 있는
고맙고 고맙고 고마운 밤
그러나 아니라구요? 아냐?
그렇지만 들어보세요
제 허리를 돌며 흐르는
만월의 킬킬대는 소리를

시인

아직도 일기장 같은 거
학원 일기나 희망 일기 같은 걸
사랑하며 망쳐놓으며
심장은 없고 바람뿐이며
재산은 수상한 피와 광기뿐이며
본능에 생각을 싣고
감각에 정신을 싣고
꿈을 적재하는 무역이 있으며
의사와 약을 가장 미워하고
독자를 가장 미워하고
십자가를 자로 사용하다 들키고
죽음이 던지는 미끼에 매달려 쩔쩔매고
망측한 기쁨에 빠져서 부르짖고
사물을 캄캄한 죽음으로부터 건져내면서
거듭 죽고
즐거울 때까지 즐거워하고
슬플 때까지 슬퍼하고
무모하기도 하여라
모든 즐거움을 완성하려 하고

모든 슬픔을 완성하려 하고……

시대의 소리에 재갈을 물리는 강도를 쫓아 밤새도록
달리고 있다.

가족

어디서나 아이처럼 깊이
잠들 수 있는 나그네
그러나 아무 데서도 잠들지 못하는
걷잡을 수 없는 꿈
거듭 놀라며 일어나는 길을.

(名妓나 되시지 그랬어요 어머니
페르시아조로 흐르는 살의 물소리
듣는 법을 자세히 내려주시지 그랬어요 아버지)
저의 길잡이인
죽음처럼 가난한 것도 없어요
그러나 모든 헤매는 新生이
죽음을 일으키며 가고 있어요.

그대는 별인가
—— 시인을 위하여

하늘의 별처럼 많은 별
바닷가의 모래처럼 많은 모래
반짝이는 건 반짝이는 거고
고독한 건 고독한 거지만
그대 별의 반짝이는 살 속으로 걸어 들어가
〈나는 반짝인다〉고 노래할 수 있을 때까지
기다려야지
그대의 육체가 사막 위에 떠 있는
거대한 밤이 되고 모래가 되고
모래의 살에 부는 바람이 될 때까지
자기의 거짓을 사랑하는 법을 연습해야지
자기의 거짓이 안 보일 때까지.

붉은 달

아무도 없는 길에는
밤만이 스며서 가득 찬다
바람 속에 스며 있는 컴컴한 열은
달고 고요하게 깊고 깊다
문득 저만큼, 젖은 妖氣의 공기를 흔들며
어떤 목소리의 모습이 드러난다
한 꽃피는 처녀와 그의 젊은 남자,
한 손이 다른 손에게 건너가 있고
건너가 있으면서 다시 더
깊고 안 보이는 데서 만나고 있는
두 손의 걸음이 춤이 되어 넘치면서
악, 악, 까르르 처녀의 웃음소리가
허공을 가르며 날아갔다
처녀의 웃음소리의 그 끝에 문득
붉은 달이 걸린다
웃음소리는 한없이 달을 핥으며
자꾸자꾸 그 너머로 넘어가고
붉은 달은 에코처럼 걸려 있다.

죽음과 살의 和姦

부서진 내 살결과 바람결이 같아지고
살결과 물결이 화답하고
살은 부서져
풀의 초록, 바다의 푸른이 되고
여러 동물의 울음소리가 되고
살은 돌을 마시는 물이 되고
모든 색을 물들이고
모든 리듬을 흐르게 하고
술 속에, 침대에서 굴러 떨어지는 단순한 열 속에
남자와 여자 속에, 원자들의 성기 속에
스며서
부서진 내 살결과 바람결이 같아지고
결코 없어지지 않는 모든 것들의 살이 되리니

딴딴하게 굳어버린 바람의 불쾌한 소리를
살아 있는 피의 불로 불태운 뒤의
재를 열렬히 양식으로 삼기 바람.

그 여자의 울음은 내 귀를 지나서도 변함 없이 울음의 왕국에 있다

나는 그 여자가 혼자
있을 때도 울지 말았으면 좋겠다
나는 내가 혼자 있을 때 그 여자의
울음을 생각하지 말았으면 좋겠다
그 여자의 울음은 끝까지
자기의 것이고 자기의 왕국임을 나는
알고 있다
나는 그러나 그 여자의 울음을 듣는
내 귀를 사랑한다.

철면피한 물질

끝없는 물질이 능청스럽게 드러내고 있는
물질이 치열하고 철면피하게 기억하고 있는
죽음.
내 귀에 밝게 와서 닿는
눈에 들어와서 어지럽게 흐르는
저 물질의 꼬불꼬불한 끝없는 미로들,
아무것도 그리워하지 않으려고 애쓰는
능청스런 치열한 철면피한 물질!

新生
—— 비와 술에 젖은 날의 기념

비에 술 탄 듯 술에
비 탄 듯 비가 내린다
자기의 육체로 내리면서 비는
여성인 바다에 내리면서 여성이 되는 비는
바다의 모든 가장자리의 항구에
불을 켜놓는다.

헤매는 꿈에, 무의식에 묻어 있는 땀
묻어 있는 깊은 피
죽음 뒤에도 불타거라
모든 사물의 붉은 입술이 그대를 부르고 있다
가장 작은 것들 속에도 들어가고 싶은 치정
들어가고 싶은 공기, 물, 철, 여자……

비에 술 탄 듯 비가 내린다
자기의 육체로 내리면서 비는
여성인 바다에 내리면서 여성이 되는 비는
바다의 모든 가장자리의 항구에
불을 켜놓는다.

소리의 심연

1 귀를 그리워하는 소리

나는 소리의 껍질을 벗긴다
그러나 오래 걸리지 않는다
사랑이 깊은 귀를 아는 소리는
도둑처럼 그 귀를 떼어가서
소리 자신의 귀를 급히 만든다
소리 자신의 목소리에 귀를 붙인다
내 떨리는 전신을 그의 귀로 삼는 소리들
모든 소리의 핵 속에 들어 있는 죽음
모든 소리는 소리 자신의 귀를 그리워한다.

2 명랑한 남자

나는 아 어쩌면 이렇게 명랑한가?
낮이 밤 속으로 태양색의 꼬리를 감추기까지
해님이 걸어가는 방식을 아시나요?
어찔 명랑, 뒤뚱 명랑

정오의 목을 조르기 위해
밥의 바다, 찌개의 바다로 나아가고
그러나 일용할 양식 이외의 양식은 버리며
그러나 일용할 즐거움과 야합하며
그러나 자기의 날개에 더욱 못을 치기 위해
발의 해머, 웃음의 해머, 눈물의 해머를
동원한다. 어쩔 명랑……

대낮이 만드는 청명한 공기의 계단을
물론 오르내릴 수 있지만
아시나요 모든 소리가 다 외로워하고 있어요
가령 슬픔에 찬 저 바람의 푸른 눈이
내가 끌어안고 쩔쩔매는 바람소리를 보네요.

3 소리의 구멍

남자의 몸이 사라지고 문득
몸 형상의 구멍이 빈다

여자의 몸이 사라지고
여자의 몸 형상으로 공기가 잘린다
그들의 소리가 지나간 만큼의
구멍이 공기 속에 뚫려 있다
나의 바깥으로 열린 감각들은 모두 닫혀 있다

공기를 뚫고 지나간 소리의 구멍의 유혹
소리를 통해서 형상이 남는 방식
소리가 남는 쓸쓸한 방식
소리를 잊을 수 없기 위하여
내려가는 계단은 어두우면 좋다
어둠 속에서 들린 소리의 구멍은
어둠이 묻지 않은 공기의 구멍보다
더 뚜렷하고 더 아프기 때문에.
(소리의 주인들인 그들은 어디로 갔을까)
(사랑과 울음으로 뭉쳐 어디로 갔을까)

4 침묵

나는 피에 젖어 쓰러져 있는
한 무더기의 고요를 본다
고요는 한때 빛이었고 고요 자신이었고
침묵의 사랑하는 전우였다

나는 피에 젖어 쓰러져 있는
한 떼의 침묵을 본다
말은 침묵의 꼬리를
침묵은 말의 꼬리를 물고 서로
기회를 노리고 있다
죽도록 원수처럼 노리고 있다.

완전한 하루

큰 건물의 검은 입으로부터 한 아이가 뛰어나온다
감격, 한 빛의 보임이다
(감동과 빛에 물들어 있는 내 마음. 따라서 지금 바깥
의 사물은 행복하다)
가방을 든 여자가 걸어간다
눈물의 씨앗인 사랑 한 묶음이 걸어간다

검정 매연이 발목을 걸고 코를 꿰는 거리
자기의 국적을 찾아 헤매는 거리
딱딱한 물, 딱딱한 공기 마시는 거리
슬픔이 없는 슬픔의 거리
(다시 아래와 같은 현상들의 독립과 그것들의 감격을
위해 윗연의 명사절과 수식어들을 떼어놓은) 거리에
아이스크림 하나로 기분 좋아진 사람 걸어간다
감격, 한 빛의 보임이다
말없는 사람들이 말없이 걸어간다
원수인 말, 말 형상의 구멍인 말이여

살진 돌들이 집을 세우며 서 있는

거리로 나와 도시의 달을 본다
지난밤에는 내 몽정에 젖었던 유쾌한 달
허리 굽은 반달을 타고 앉아 내가
오입하는 게 보인다
문득 시간이 내 육체에게
아, 가을바람처럼 인사한다

사랑이 크면 외로움이고 말고
그러지, 차나 한잔하고 가지.

배우를 위하여

행동을 버릴 것, 지니지 말고
말을 버릴 것
버렸다는 생각이 들겠지만 버렸다고 생각했을 때
다시 버리고 자기의 것이라고 생각했을 때
자기를 버리고 그리고
박수 소리를 버리고
웃음을 버리는 웃음
표정을 버리는 표정
슬픔의 주인은 슬픔, 기쁨의 주인은 기쁨
행동의 주인 말의 주인은 각각 그것들 자신이도록 하
고, 그렇다면
구원이 그대를 편안하게 할는지 모른다
슬픔은 계속 남겠지만
죽음이 마침내 그대에게 행동과 말을
주겠지만, 그렇지만, 그러므로
그렇다고 하더라도……

사랑 사설 하나
—— 자기 자신에게

　사물을 가장 잘 아는 법이 방법적 사랑이고 사랑의 가장 잘 된 표현이 노래이고 그 노래가 신나게 흘러 다닐 수 있는 세상이 가장 좋은 세상이라면, 그렇다면 형은 어떤 사랑을 숨겨 지니고 있습니까?

　어제 형은 형의 꿈 이야기를 해주었습니다. 온 땅이 거울이 되어 하늘이 다 비춰고 있는 데를 걸어갔다, 거울인 땅 위를 걸어갔다, 안 팔리는 꿈을 향해 꼭두 새벽 꼭두 대낮 거듭 걸어갈 때 자기의 모양은 아주 보이지 않는 것이었다, 누구나 거기서는 나그네 되는 항구, 항구의 고향인 바다와 그리운 꿈만 보이는 식으로 자기가 안 보이는 게 즐거웠다(그런데 거울인 땅 위에 자기의 모양이 비친 건 침 뱉기 위해 몸을 굽히거나 구두끈을 매기 위해 허리를 꺾거나 할 때였으며)…… 밤이 되자 별들은 무덤의 입술을 빨고 무덤들은 별들의 입술을 빨고 있었으며, 천지간의 바람은 바람 자신의 대를 잇기 위해 끊임없이 불고 있었으나 오히려 시인의 눈에 눈물 고이고 귀에 소리 고이게 하기 위해 불고 있었고 그러나 잠들어 눈 어둡고 귀 닫은 이 많아 그들이 깨어날 때까

지 불 작정으로 불고 있는 듯했으며…… 그때 어떤 소리
가 말했다, 오늘의 시의 운명은 그럼에도 불구하고 시의
쪽박으로 구걸하는 거지 자기의 명성의 쪽박으로 구걸하
는 건 아니다, 죽음으로 구걸하는 거지 살아 남음으로 구
걸하는 건 아니다, 명성 등은 그대의 이름을 쭉정이화하
는 데 기여하는 것임을 그대는 그대의 그야말로 명성을
위해 알아두어라, 사람은 각자 자기가 사랑받아야 한다
고 생각하고 느끼는 것 이상의 사랑을 (   )로부터 항상
받아야 하지만 그러나 그가 삶의 현상들을 어떻게 사랑
하고 있는지가 두루 궁금할 따름이다, 사랑받아야 한다
는 욕망은 사랑 자체와는 아무 상관이 없고 사랑받음과
도 아무 상관이 없고 항상 그대는 어떻게 사랑하고 있으
면 된다. 그대는 그대의 모든 시에서 그대의 이름을 지
우고 그 자리에 고통과 자신의 죽음을, 문화를, 방법적
사랑을 놓지 않으려느냐, 슬픔 多謝.

　잠이 깨었으나 형의 꿈은 더 깊어갔습니다.

老詩人들, 그리고 뮤즈인 어머니의 말씀
—— 사랑 사설 둘

나는 참을 수 없이 그 분들이 내 할아버지라는 느낌이
다. 그 분들의 핏줄과 내 핏줄이 하나여서 어쩔 줄을 모
르겠다. 일테면 1970년 5월 29일 저녁, 노인들이 환장하
게 보고 싶어서 성북동 비둘기를 기념하는 詩祭에 갔다
가 들은 김광섭 선생의 답사 「나는 사람들과 같이 어떻
게 하면 잘 살 수 있을까 해서 시를 씁니다」는 즉시 하
늘로 올라가 김광섭의 별이 되어 빛나기 시작했고 내 머
리에는 뜨끈한 물이 넘쳤다. 오오 노시인들이란 늙기까
지 시를 쓰는 사람들, 늙기까지 시를 쓰다니! 늙도록 시
를 쓰다니! 대한민국 만세(!) 그 분들이, 예술보다 짧은
인생의 오랜 동안을 집을 찾아 헤매다 돌아온 어린애라
는 느낌을 나는 참을 수 없다. 반갑구나 애야, 내가 망
령이 아니다 애야 소를 잡으마, 때때로 그 분들 중의 누
가 딱딱한 無明 때문에 자기가 하는 일을 모르고 하는
때도 있기는 있지만, 그렇긴 그렇지만, 제 발등에 불부
터 끄는 게 급함을 알기는 알아야지, 〈제〉란 누구인가?
시인, 시의 발등, 정신의 발등, 일의 순서는 알아야지, 어
떤 흉악한 홍수, 폭력(물리·물질·허위의) 등이 휩쓸면
각각 힘을 다해 자기의 칼 아름답게 갈아야지, 젊은 시

인들도 자기 속에 무명과 詐術을 키우지 말아야지, 제가 하는 바를 알고 해야지…… 시 쓰는 자식 열을 거느린 뮤즈 어머니의 말씀이 너희들끼리 싸우는 일이 급한 건 아니다, 발전을 위해 결코 싸울 필요가 있다면 너 자신과 싸우듯이 싸워라──그러나 어머니는 계모이신 것 같습니다. 우리 중에 핏줄이 다른 자가 있나이다──오냐 곡식 중에는 쭉정이도 있느니라, 곡식은 거두고 쭉정이는 버리리라, 거듭 부탁하지만 싸우되 방법적 회의와 방법적 미움을 다 안고 있는 방법적 사랑으로 싸워라, 너희에게는 무엇보다도 너희 공동의 적이 있고, 그리고 자기 자신이 자기의 가장 큰 적이란다. 상식의 슬픔. 슬픔 多謝.

거울

사물은 각각 그들 자신의 거울을 가지고 있다. 내가 나의 거울을 가지고 있듯이. 나와 사물은 서로 비밀이 없이 지내는 듯하여 각자의 가장 작은 소리까지도 각자의 거울에 비친다. 비밀이 없음은 그러나 서로의 비밀을, 비밀의 많고 끝없음을 알고 사랑함이다. 우리의 거울이 흔히 바뀌어 있는 것을 발견한다. 거울 속으로 파고든다. 내 모든 감각 속에 숨어 있는 거울이 어디서 왔는지 나는 모른다. 사물을 빨아들이는 거울. 사물의 피와 숨소리를 끓게 하는 입술식 거울. 사랑할 줄 아는 거울. 빌어먹을, 나는 아마 시인이 될 모양이다.

시간의 공포를 주제로 한 연가
—— 또는 時空의 결혼

발바닥의 절망과 머리의 절망 사이에 또는
머리의 희망과 발바닥의 희망 사이에
끼여 있는 내 몸 속의
각색 물들의 흐름과 폭포의 리듬.

믿는 게 있군요
내리는 눈, 내리는 비, 시간……
몇 시나……?
여기야, 그것뿐이야, 앉아 있었던 곳에
그냥 앉아 있고 서 있었던 곳에 서 있어,
그것뿐이야,
시간의 공포……

어디냐고? 아홉시 십분, 밤,
그대 가고 싶어하던 곳을 계속 가고 싶어하고
가장 맑은 사랑에 이르기 위해서는 그대
자신이 되기 위해서는 다섯 개의 얼굴은
아직 무한히 부족……

(여자는 그의 앞에서 없어진 나를 본다)

사물의 꿈 1
—— 나무의 꿈

그 잎 위에 흘러내리는 햇빛과 입맞추며
나무는 그의 힘을 꿈꾸고
그 위에 내리는 비와 뺨 비비며 나무는
소리내어 그의 피를 꿈꾸고
가지에 부는 바람의 푸른 힘으로 나무는
자기의 생이 흔들리는 소리를 듣는다.

사물의 꿈 2
—— 구름의 꿈

    사랑하는 저녁 하늘, 에 넘치는 구름, 에 부딪혀 흘러
내리는 햇빛의 폭포, 에 젖어 쏟아지는 구름의 폭포, 빛
의 구름의 폭포가 하늘에서 흘러내린다, 그릇에 넘쳐 흐
르는 액체처럼 가열되어 하늘에 넘쳐흐르는 구름, 맑은
감격에 가열된 눈에서 넘치는 눈물처럼 하늘에 넘쳐흐르
는 구름.

사물의 꿈 3
—— 물의 꿈

　나는 나의 성기를 흐르는 물에 박는다. 물은 뒤집혀 흐르는 배를 내보이며 자기의 물의 양을 증가시킨다. 바람을 일으키는 물결. 가장 활동적인 운동을 시작하는 바람은 기체의 옷을 벗고 액화한다. 검은 꿀과 같은 바람. 물안개에 싸인 달의 월궁 빛깔에 젖은 반투명의 나의 꿈 위에 떠오르는 나의 성기의 불타는 혀의 눈이 확인한 성기의 불타는 혀. 불은 꺼지고 타오르는 재. 불을 흘러가게 하고 가장 뜨거운 재를 남겨주는 흐르는 물. 나의 성기를 향해 자기의 양을 증가시키는 물!

나는 별아저씨

나는 별아저씨
별아 나를 삼촌이라 불러다오
별아 나는 너의 삼촌
나는 별아저씨

나는 바람남편
바람아 나를 서방이라고 불러다오
너와 나는 마음이 아주 잘 맞아
나는 바람남편이지

나는 그리고 침묵의 아들
어머니이신 침묵
언어의 하느님이신 침묵의
돔 Dome 아래서
나는 예배한다
우리의 생은 침묵
우리의 죽음은 말의 시작

이 천하 못된 사랑을 보아라

나는 별아저씨
바람남편이지.

말의 형량
—— 사랑 사설 셋

한 알의 말이 썩는 아픔, 한 덩어리의 말의 불이 타는 아픔, 말씀이 살이 된 살이 타는 무두질의 아픔, 제가 하는 바를 모르고 하는 저 죽은 사람들에게 버림받은 말의 이별의 슬픔, 이별 슬픈 말, 완강한 어둠의 폭력에 상처 입은 한 줄기 빛의 예리한 아픔의 아름다움, 어둠 긁는 말의 마디마디에 흐르는 피의 아픔의 아름다움, 어둠 슬픈 말, 꽃도 피면 시드나니가 아니라 시듦의 향기화, 죽음에 향기를 충전하는 삶의 필요성, 큰 죽음은 크게 반짝이고 작은 죽음은 작게 반짝임, 별 하나 나 하나, 두려움, 말의 두려움, 말 하나 나 하나의 두려움, 말을 사랑하는 두려움, 말을 사랑할 줄 모르는 자, 말의 사랑을 모르는 자의 無神的 폭력, 가엾음, 분노, 가엾음의 분노, 분노의 가엾음…… 말이 머리 둘 곳 업스매 시대가 머리 둘 곳이 없다.

심야 통화 1

잠든 사람들이 밤을 잠재운다
깨어 있는 불빛만이 깨어 빛나고
어떤 잠은 빛에 부서져 고요에 부서져
진실의 독으로 팔자를 길들인다.

거기 어디요?
꿈이요
뭘하오?
꿈의 색정에 취해 있소
색 중의 색인 꿈의 색정,
죽음이 비처럼 내린다 한들
죽음이 바람처럼 불어온다 한들
꿈에 홀려 말하랴
영원히 죽지 않는 것은 죽음이라고.

낮의 하늘에는 태양이 여러 개 있어
그중에 하나를 슬쩍 훔쳐도 사람들은 모르더라
훔친 그 태양과 더불어 이 밤에
빛에 물들어 고요에 물들어 나
진실의 독으로 팔자를 길들인다.

심야 통화 2

탕! 바다가 깨어지고 있소
탕! 거울, 우리의 거울 바다가
탕! 우리의 꿈이
탕! 우리의 비밀이 깨어지고
탕! 우리의 사랑이
탕! 태평가

밤참을 듭시다. 지금은 밤참이 가장 아름다운 시대.
밤에만 들을 수 있는 소리가 증대하고 밤에만 보이는 불
이 증대하고…… 그대 꿈의 한 자락으로 해어진 생의 구
멍을 깁고 있구려. 밤새 뚝딱거리는 소리 들오리. 날개
를 만드는 소리. 꿈이 현장 감독이오. 그러나 꿈의 날개
는 하늘 푸른 바닥에 떨어져 단명으로 붙박일까 두렵소.
필경 오른 날개가 왼 날개를 나무라고 왼 날개가 오른
날개를 욕하오. 못 날으겠다, 못 날으겠다, 너 때문이
다, 죽일 놈. 그러나 가장 안되기는 꿈이 안됐소. 찬란
하게 꽃 필 모든 아름다운 생들이 안됐소.

시, 부질없는 시

시로써 무엇을 사랑할 수 있고
시로써 무엇을 슬퍼할 수 있으랴
무엇을 얻을 수 있고 시로써
무엇을 버릴 수 있으며
혹은 세울 수 있고
허물어뜨릴 수 있으랴
죽음으로 죽음을 사랑할 수 없고
삶으로 삶을 사랑할 수 없고
슬픔으로 슬픔을 슬퍼 못 하고
시로 시를 사랑 못 한다면
시로써 무엇을 사랑할 수 있으랴

보아라 깊은 밤에 내린 눈
아무도 본 사람이 없다
아무 발자국도 없다
아 저 혼자 고요하고 맑고
저 혼자 아름답다.

K네 부부의 저녁 산보

저녁빛에 물들어 부부가 서 있다
집 그림자에 물들어,
비가 와도 좋고 바람이 불어도 좋은
錢別 혹은 산보,
강약조로 모든 타령조로 어정거릴 때
神聖 후광처럼, 챙 넓은 모자처럼
머리 둘레에 물드는 쓸쓸함,
그들의 半身을 묶고 있는
맨살도 못 가리는 한 가닥의 실
어떤 중량에 찬 쇠사슬,
어디로 가는 거예요?
결혼을 향해 가는 거지
우리는 벌써 결혼했는 걸요
완성된 결혼은 없어, 되어가는 결혼
안 되어 가는 결혼이 있을 뿐……
그대들 다섯 줄 심금을 울릴
세상 짜릿한 행복 혹은 불행을
어떤 점성술에 의탁하고
옷 벗듯이 꿈도 벗고 있겠지
(내 꿈이야 죄짓는 일이지만)

우리들의 죽음

이 도시의 건물들은 비석처럼 서 있다.
아래의 묘비명은 우리들의 죽음을 위로할 수 있을까.

　이 비석들 사이의 죽음의 미로에 넘치는 우리들은 자기들이 죽어가고 있음을 의식할 때 죄인이 되고, 우리는 죽어가고 있다고 말할 때 그 말의 무덤인 검은 귀의 어두운 나락으로 떨어지며 따라서 우리를 단죄하는 보이지 않는 邪神의 이름도 물론 침묵으로 말해지는 운명임. 모든 생명은 포기되고 있으며 생명이 생명을 이물시하여, 푸른 하늘에서 눈물이 쏟아질 지경임. (생명을 거는 일이 몇 년 전부터 습관이 되어오는데, 무엇을 위해 생명을 거느냐에 관해서는 캄캄하고 단지 생명을 걸었거나 거는 일로부터 일체의 힘의 정당성을 주장하려 함) 우리의 죽음을 위한 노래를 찾을 수 없으니, 푸른 하늘에서 눈물이 쏟아질 지경임. 우리의 죽음에 관한 한 사자가 사자를 문상갈 수밖에 없으니, 눈물은 누가 흘릴 것인가. 죽은 자는 자기가 이미 죽은 줄도 모르고 무서워서 눈물 못 흘리고 있으니 눈물은 누가 흘릴 것인가. 비석들 사이의 거미줄만 깊고 깊구나.

사물의 꿈 4
—— 사랑의 꿈

사랑은 항상 늦게 온다. 사랑은 항상 生 뒤에 온다.

그대는 살아보았는가. 그대의 사랑은 사랑을 그리워하
는 사랑일 뿐이다. 만일 타인의 기쁨이 자기의 기쁨 뒤
에 온다면 그리고 타인의 슬픔이 자기의 슬픔 뒤에 온다
면 사랑은 항상 생 뒤에 온다.
그렇다면?

그렇다면 생은 항상 사랑 뒤에 온다.

술 노래

우리의 어린 아들들에게 술을 권하고 싶다
모든 생명 있는 것들에게 술을 권하고 싶다

(만취한 精子의 이름은 아마 韓國人君
 國人이, 자네의 정처 없음, 정처 없음!)

그리고 망자들은 나——술을 얼마나 그리워할 것인가.

자기 자신의 노래

거리를 걸어가다가 나는 느닷없이 부끄러웠다(방법이 없는 부끄러움은 물론 의심할 만하다) 나는 하여간 부끄러워서 고개를 들 수가 없었다. 나의 눈물의 양만큼 부끄러웠을 것이다. 나의 사랑의 양만큼 부끄러웠을 것이고 나의 파멸의 양만큼 부끄러웠을 것이다.

(이에 대해 질문하는 사람은 나보다 더 부끄러워해야 할 사람이다)

슬픔의 꿈
—— 高銀의 초상

죄에 의해서만 불타는
그대는 슬픔 이외의 증명이 없고
우연 이외의 중량이 없다

쉬이 살 허물어지는 소리 들린다
쉬이 뼈 허물어지는 소리
피 허물어지는 소리
이 세상의 우연의 신전에
부는 바람소리
경련하는 바람소리……

그대를 평생 슬픔에 처하니
모든 슬픔이 찾아가 우연으로 놀아라.

그리움의 그림자

형체 있는 건 형체 없는 것의 그림자
소리 있는 건 소리 없는 것의 그림자
색 있는 건 색 없는 것의……
그렇다면?
보이는 건 보이지 않는 것의 그림자
들리는 건 안 들리는 것의 그림자
그리움의 그림자
있지만 없고 없지만 있는
아 그리움의 그림자

낮술

하루여, 그대 시간의 작은 그릇이
아무리 일들로 가득 차 덜그럭거린다 해도
신성한 시간이여, 그대는 가혹하다
우리는 그대의 빈 그릇을
무엇으로든지 채워야 하느니,
우리가 죽음으로 그대를 배부르게 할 때까지
죽음이 혹은 그대를 더 배고프게 할 때까지
신성한 시간이여
간지럽고 육중한 그대의 손길.
나는 오늘 낮의 고비를 넘어가다가
낮술 마신 그 이쁜 녀석을 보았다
거울인 내 얼굴에 비친 그대 시간의 얼굴
시간이여, 취하지 않으면 흘러가지 못하는 그대,
낮의 꼭대기에 있는 태양처럼
비로소 낮의 꼭대기에 올라가 붉고 뜨겁게
취해서 나부끼는 그대의 얼굴은
오오 내 가슴을 미어지게 했고
내 골수의 모든 마디들을 시큰하게 했다
낮술로 붉어진

아, 새로 칠한 뻥끼처럼 빛나는 얼굴,
밤에는 깊은 꿈을 꾸고
낮에는 빨리 취하는 낮술을 마시리라
그대, 취하지 않으면 흘러가지 못하는 시간이여.

춤춰라 기뻐하라 행복한 육체여

이 술집 주인 부부는 그들의 피를 뽑아서 술을 빚는다. 어떤 사람들은 물로 빚은 술보다 그들의 피로 빚은 술을 더욱 즐긴다. 물보다 피를 좋아한다. 피를 마시기를 좋아한다. 술집 부부의 몸의 피는 메말라갔고 몸은 풍선 바람 빠지듯 졸아들었다. 마침내 부부는 박제가 되어 각각 벽에 마주 보고 걸렸다. 생전에 눈물을 안 보인 박제의 여자가 눈물을 흘렸다. 여자의 눈물은 바람처럼 불어와 박제의 남자를 적셨다. 두 사람은 기술적으로 웃는 것 같았다. 그들은 저 유명한 기억이 다 꺼지는 강으로 갔으나 죽기 전에 생명을 가졌었다는 것이 죄가 되어 배를 타지 못하고 사공의 뱃노래를 합창하며 돌아섰다. 자신들의 시체를 자기들 마음대로 처리하려 한 것이 애초부터 대죄였다. 때는 죽은 자들이 장식물로 재생산되는 때였으므로. 그들은 붙들려 어떤 궁궐로 끌려가 대리석 벽에 장식으로 걸렸다. 피가 빠져 말라붙은, 결코 이름 있을 수 없는 많은 죽음이 궁궐 주인을 취하게 하고 있었다. 만취. 궁궐 주인은 마침내 총을 난사하기 시작했다. 총을 난사했다.

피의 모든 방울이 말라붙은 박제의 육체들을 향하여
춤춰라 기뻐하라 행복한 육체여
춤춰라 기뻐하라 행복한 육체여!

고통의 축제
—— 편지

계절이 바뀌고 있습니다. 만일 당신이 생의 機微를 안다면 나는 당신을 사랑합니다. 말이 기미지, 그게 얼마나 큰 것입니까. 나는 당신을 사랑합니다. 당신을 만나면 나는 당신에게 色 쓰겠읍니다. 色卽是空. 空是. 色空之間 우리 인생. 말이 색이고 말이 공이지 그것의 실물감은 얼마나 기막힌 것입니까. 당신에게 色 쓰겠습니다. 당신한테 空 쓰겠습니다. 알겠습니다. 편지란 우리의 감정 결사입니다. 비밀 통로입니다. 당신에게 편지를 씁니다.

識者처럼 생긴 불덩어리 공중에 타오르고 있다.
시민처럼 생긴 눈물덩어리 공중에 타오르고 있다.
불덩어리 눈물에 젖고 눈물덩어리 불타
불과 눈물은 서로 스며서 우리나라 사람 모양의 피가 되어
캄캄한 밤 공중에 솟아오른다.
한 시대는 가고 또 한 시대가 오도다, 라는
코러스가 이따금 침묵을 감싸고 있을 뿐이다.

나는 감금된 말로 편지를 쓰고 싶어하는 사람이 아닙

니다. 감금된 말은 그 말이 지시하는 현상이 감금되어
있음을 의미하지만, 그러나 나는 감금될 수 없는 말로
편지를 쓰고 싶습니다. 영원히. 나는 축제주의자입니다.
그중에 고통의 축제가 가장 찬란합니다. 합창 소리 들립
니다. 「우리는 행복하다」(카뮈)고. 생의 기미를 아는 당
신을 사랑합니다. 안녕.

폭풍
—— 1973년 9월 초 폭풍 불던 밤의 기념

구름과 땅이 맞붙어
검은 철과 같은 암흑이
땅의 모가지를 조인다
천억 메가톤의 암흑이 공중에서 쏟아져
땅은 숨 끊어졌다
암흑이 땅에서 솟아 하늘을 찌른다
폭풍 속에는 아무것도 없고
폭풍의 보편성만이 있다
사람들은 모두 잠들어 있거나
죽은 듯이 떨고 있다
나무들은 쓰러지며 전광처럼 맹렬히
몸이 땅에 내팽개쳐지며
땅의 발바닥을 핥는다
휘몰리며 불꽃처럼 타오른다
폭풍은 이미 불이다
사람들은 시달리며
땅의 발바닥을 핥고 있다
우리들은 이미 인간이 아니다
땅의 발바닥을 핥고 있다.

꿈 노래

신부는 이미 죽었거나
아직 오지 않았으니
꿈일랑 그냥 비워두어라 그대여,
고향 없는 人生―場들이
눈송이처럼 빗방울처럼
아득히 휘날려 내리는구나.

거리의 장미 속에 불을 묻고
술잔 수없이 넘쳐흘러도
영원한 〈아직〉인 꿈에 홀려
육체와 영혼의 메아리 사이를
그대 아직도 도둑으로 떠도는가.

보리수 그늘 같은 눈동자는
언제 그대 눈의 깊은 데서 솟아나리오.

아무것도 없다

삼각산 위 하늘로
태양의 황금빛 사륜마차가
영원의 풍악 울리며 굴러 지나가고 있다
청옥 줄무늬 같은 바람이 흘러
그 위엄을 장식하고 있다
그 아래는 아무것도 없다
나뭇잎 하나 햇빛에 녹아 부서지고
이슬 한 방울 바람에 떨어질 뿐,
그 아래는 아무것도 없다.

마음을 버리지 않으면

주고받음이 한 줄기
바람 같아라
마음을 버리지 않으면
차지 않는 이 마음.

내 마음의 공터에 오셔서
경주를 하시든지
잘 노시든지
잠을 자시든지……

굿나잇.

사물의 꿈

김우창

1

철학자들은 끊임없이 확실한 출발점을 찾는다. 데카르트는 그의 사유 작용에서 그러한 점을 찾았다. 그러나 다른 어떤 철학자들에게는 사람이 죽는다는 사실이 그러한 출발점이 된다. 한 문화 전체가 죽음에 대한 일정한 이해에 기초해 있을 수도 있다. 정현종 씨의 시를 우리가 제대로 이해하든 이해하지 못하든 그의 시의 틀림없는 인상의 하나는 그것이 매우 철학적이라는 것인데, 그의 시 세계에서 뚜렷한 시발점이 되어 있는 것은 죽음이라는 사실이다.

죽음이란 무엇인가? 죽어보기 전에는 그 사실적인 내용을 알 수 없을 듯하지만 그것에 대하여 생각한 사람들이 없는 것은 아니다. 그러나 그것은 주로 종교적인 사람들이 한 것이고 대개 철학적인 사람들이 죽음을 생각하는 것은 그것이 우리 모두가 살고 있다고 믿고 있는 삶에 대하여 갖는 관계를 생각하는 것이다. 죽음의 의미는 이렇게 볼 때 우리의 삶에 움직일 수 없는 한계를 부여하는 데 있다고 할 수 있다. 이 한계는 삶의 근본 조건을 여실하게 드러내 준다. 죽음은 한편으로 우리의 삶이 우리가 도저히 어떻게 할 수 없는 불가항력의 조건, 우리에게 대하여 절대적으로 타자(他者)인 것 가운데 던져져 있는 것이라는 것을 말해 주고, 또다른 한편으로는 이러한 조건이 절대적이면 절대인 만치 삶은 완전히 우리에게만 주어진 것, 절대적인 자발성의 영역이라는 것을 이야기해 준다. 기분적으로 볼 때 죽음의 한계는 우리 삶으로 하여금 죽음의 어둠 속에 명멸하는 찰나의 환몽처럼 허무한 것이 되게 하기도 하고 삶으로 하여금 죽음의 어둠에 대조되는 보다 뚜렷하고 아릿하게 날카로운 것으로 보이게 하기도 한다.

정현종 씨의 시에 근본적인 동력을 공급하고 있는 것도 이러한 죽음과 삶의 내면적인 긴장 관계이다. 그는 1955년의 「사물의 정다움」에서 이미

  의식의 맨 끝은 항상
  죽음이었네

라고 선언하고 또 이어서

  구름나라와 은하수 사이의
  우리의 어린이들을
  꿈의 병신들을 잃어버리며
  캄캄함의 혼란 또는
  괴로움 사이로 인생은 새버리고,
  헛되고 헛됨의 그 다음에서

우리는 화환과 알코올을
　　가을 바람을 나누며 헤어졌네

하고, 〈헛되고 헛됨〉과 〈바람〉에 민감한 「전도서」의 필자처
럼 생의 허무감을 노래한다. 그러나 다른 한편으로 위의 구
절에서도 죽음의 허무는 〈구름나라〉〈화환〉〈알코올〉과 같
은 덧없으면서도 아름다울 수도 있는 것들을 완전히 부정하
지는 못할 뿐만 아니라 나아가 이러한 것들을 돋보이게 하
는 배경으로도 작용하여, 다음의 계속에서 시인은,

　　허나 구원은 또 항상
　　가장 가볍고
　　순간 가장 빠르게 왔으므로……

라고 노래하게 된다. 「주검에게」에서 생(生)과 사(死)는 단
순한 대조가 아니다. 보다 긴장된 얽힘의 관계로 생각된다.
이 시의 관점에서는 삶을 몰아가는 동력 그것이 곧 죽음인
것이다. 「주검」은 다음과 같이 이야기된다.

　　흙벽에 한없이 끈적거리며
　　불붙는 너는
　　달려 달려라고 소리치며
　　무서운 성실을 彈奏한다

　　또는 「한밤의 랩소디」에서는 죽음은 생의 가장 강력한 표
현의 하나인 성(性)과 일치하는 것으로 생각되기도 한다.

죽음이 性이 되어 리듬을 회복하고
불탄 리듬의 재로써 거듭
머리를 씻는 그대
오오 유쾌한 시간의 병

2

〈오오 유쾌한 시간의 병〉 죽음이라는 사실은 허무주의나
비관주의를 정현종의 시의 기저음(基底音)이 되게 한다. 비
록 삶이 아름답고 긍정적인 것이라 하더라도 그것은 매우
애처로울 수밖에 없는 아름다움이요 긍정이다. 그러나 허무
주의적 긍정에도 여러 가지의 진폭(振幅)과 뉘앙스가 있다.
생의 허무적인 기저는 생의 우발성에 대한 경이가 되기도
하고, 인간의 자발적인 의지의 확인이 되기도 하고, 또는
강렬한 삶에로 향하는 욕구의 동기가 되기도 한다.
「무지개 나라의 물방울」은 삶의 우발적인 허무성을 무지
개에 비교하고 있지만, 오히려 강하게 표현되어 있는 것은
긍정적인 경이감이다.

낮은 데로 떨어질 운명을 잊어버리기를
마치 우리가 마침내
가장 낮은 어둔 땅으로
떨어질 일을 잊어버리며 있듯이
자기의 색채에 취해 물방울들은
연애와 無謀에 취해
알코올에, 피의 속도에

어리석음과 시간에 취해 물방울들은
떠 있는 것인가.

「공중놀이」에서 인간의 삶을 허공에 노는 바람에 비교한
것도 「무지개 나라의 물방울」에서와 비슷한 착상으로서, 시
인은 여기서도 〈비애 때문에 모이는 바람〉을 보며 생의 허
무감을 확인하면서 또 동시에 〈참 엄청나게 놀고 있구나〉
하는 현상계의 경이에 대한 찬탄을 금치 못한다. 그러나 이
러한 찬탄은 단순히 수동적인 구경에 그치지 아니한다. 이
것은 정현종의 근년의 시에서 더 강조되어 가는 것이지
만, 우발성은 인간의 삶의 의지의 자발성에 대한 적극적인
확인으로 옮겨가기도 한다. 「흐르는 방」은 이 자발성을 조
금 유머러스하게 다음과 같이 표현한다.

길을 일으키기 위해 길을
달리면서 얻은
땀 중의 소금을 음식에 치면서
정든 길과 안개에 입맞추며 간다.

여기에서 사람이 산다는 것은 순환적인 자기 생성으로 생
각되어 있다. 사람은 길을 만들기 위해 달려가나 달리는 행
위는 이내 길 위에 놓여 있는 행위이다. 달리는 사람은 스
스로의 땀에서 나온 소금으로 그 활력의 원천을 삼는다. 삶
의 움직임은 이렇게 자족적인 것이다.
그러나 삶의 이러한 무상적(無償的)인 움직임의 보다 적
절한 상징은 무도(舞蹈)이다. 인생은 허무 속에 던져져 있
다는 이외에는 아무런 근거도 없이 돌아가는 움직임이라는

뜻에서, 〈한 없이 매여 도는 느닷없는 원무〉(「주검에게」)이며, 그 자체 외에는 다른 어떤 초월적인 근거가 있을 수 없다는 뜻에서 〈……극치의 웃음 속에 지금 다시 좋은 일이 더 있을〉(「화음」) 수 없는 발레이다. 여기서 가장 좋은 삶의 방법이란 따라서 춤을 열심히 추는 것이다. 「독무」에서 말해지듯이 인생의 시간은

> 지금은 율동의 방법만을 생각하는 때,
> 생각은 없고 움직임이 온통
> 춤의 풍미에 몰입하는
> 영혼은 밝은 한 색채이며 大空일 때!

인 것이다.

3

〈생각은 없고 움직임이 온통.〉 발레리는 그의 대화편 「영혼과 꿈」에서 춤의 의미를 논하면서, 생각과 춤과 도취 ivresse 사이의 특정한 관계를 설명하고 있다. 명증한 사고 속에서 삶은 어쩔 수 없는 권태로 나타난다. 결국 권태야말로 삶의 구극적인 진실인 것이다. 그러면 삶의 권태, 사물의 진상을 진상대로 보는 데서 오는 권태, 〈순수한 염오증, 치명적인 명증성, 가차없는 정결성의 엄청난 상태〉를 벗어날 방법은 무엇인가? 그것은 우리로 하여금 진실에 대하여 환각의 위안을 가질 수 있게 해주는 도취에 의하여서이다. 그리고 춤은 도취 중에도 가장 뛰어난 도취인 것이다. 정현종

에게 있어서도 춤의 의미는 우리로 하여금 생존의 중압을 벗어나게 하는 도취와 몰입을 가능하게 해주는 데 있다. 그러나 위에서도 본 바와 같이 춤은 순수한 움직임이다. 그러나 우리의 삶에서 움직임은 얼마나 가능한가? 움직임이 없는 때에 생각은 다시 돌아온다. 어떻게 할 것인가? 춤이 아닌 다른 도취의 상태를 추구할 수도 있다. 사실 무도의 동적(動的)인 발랄함에 대하여 보다 정적(靜的)인 망각과 도취는 정현종의 다른 하나의 전형적인 삶의 자세가 된다. 「무지개 나라의 물방울」에서도 무지개나 사람이나 다같이 취한 상태에 있다. 「화음」에서 발레의 의미는 〈살이 뿜고 있는 빛의 갑옷의/그대의 서늘한 勝戰 속으로/망명하고 싶은〉 황홀경에 있다. 「센티멘탈 자아니」에서 삶은 〈有情한 바람/일종의 취기……〉로 파악된다. 우리는 그의 시집에 「술 노래」가 두 개 있음에 주목할 수 있다. 「기억제 1」에서도 인생은 도취로 파악되어 있다.

> 쓰레기는 가장 낮은 데서 취해 있고
> 별들은 天空에서 취해 있으며
> 그대는 중간의 다리 위에서
> 어쩔 줄을 모르고 있음을.

우리는 알게 된다. 즉 우주만상은 도취 속에 존재하는 것인 바, 사람도 마찬가지, 다만 사람은 그 도취의 자세에서도 주어진 대로 안주할 수는 없는 것일 뿐.

4

삶의 의미가 도취에서만 발견된다면, 도취 이외의 순간들은 전혀 무의미한 것으로 생각될 수밖에 없다. 쾌락의 추구는 불가피하게 권태를 발견하게 되고 권태는 불가피하게 다시 쾌락을 찾아나선다. 그러나 우리의 일상 생활에서 도취의 순간은 얼마나 되는가? 따라서 정현종이 일상의 권태에 민감한 것은 당연하다. 「데스크에게」는 이 권태를 단순히 심각하게가 아니라 재치 있게 묘사하고 있다.

> 그러면 날개를 기다릴까,
> 내 일터의 木階段이
> 올라가지는 않고
> 빨리빨리 올라가지는 않고
> 내려가고만 있는데
> 차 한 잔에 머리 두고
> 불명 때문에 제가 성이 나 있는데.

「밝은 잠」은 ── 난해한 대로 ── 도취의 상징인 「잠」이 〈반복은 즐거우냐고 묻는/시간의 목소리에/차를 따르는 소리 등으로 응답하며〉〈울고 있음〉을 말한다.

이렇게 사람의 삶이 좌절일 수밖에 없는 것은 정현종 시의 여러 곳에서 시사되어 있듯이 우리들이 살고 있는 시대가 시대이니만치 불가피한 것이지만, 또 그것은 더 근원적인 인간 조건에도 관계된다. 우리가 도취를 추구한다면 그것은 삶이 도취 없이는 살 수 없는 낯선 것이며 두려운 것이기 때문이다. 그래서 우리는 정현종의 시에서 즉자적(卽

自的)인 무(無)와 부재의 세계에 대하여 도취를 향한 의욕만을 가지고 있는 인간의 모습을 발견한다. 그래서 「기억제 2」를 보면 시인은 그의 열광에의 의지에도 불구하고 시간 속에 일어나는 것들에 대하여 부재의 상태에 있는 것이다. 시간의 사건들은 빈객이다. 시인은 틀림없이 이들을 열렬히 기다리고 있다. 그러나 그들이 왔을 때 시인은 집에 있지 아니하다. 따라서 〈밤새도록 지붕 위에 올라가/떨며 앉아 있음/뜨겁게 뜨겁게 떨며 앉아 있었음〉이 있을 뿐이다. 이와 같은 생각은 「외출」에도 반복되어 있다. 거기에서도 시인은 온갖 욕망과 의식에 의하여 시달리면서도 〈고향에서 멀리〉〈바깥을 걷고〉 있는 것이다.

5

도취는 생의 의미를 이룬다. 그러나 도취 없는 순간은 어떻게 할 것인가? 그것은 죽음의 순간인가? 다시 생각해 보면 도취 없는 평범한 순간도 죽음의 허무에 비하여 보면 한없이 기적적인 것이라 해야 하지 않을까? 우리의 삶의 자발성을 정말로 경이로 대한다면 생의 모든 순간은 긍정되지 않을 수 없다. 그리하여 우리는 정현종의 시에서 도취를 향한 움직임에 대하여 도취 없는 것을 향하는 움직임을 보게 된다. 「여름과 겨울의 노래」에서 시인은 사람의 일상이 끊임없는 좌절임을 인정하고 있다.

왜 新衣를 입고 나간 날의
검은 비 있지

나의 신의와 하늘의
검은 비가 헤어지고 있는 걸
알고 있지.

　이렇게 설득조로 시작한 시는 생의 근원이 영원한 타자인
침묵에 있으며 삶이 우발적인 은혜로서만 주어지는 것임을
말한다. 다시 말하면 죽음만이 절대적인 진실인 것이다. 그
러나 사는 사람에게는 오직 삶이 있을 뿐, 시인은 죽음의
허무에 대하여 생을 긍정하여 외친다.

죽은 자는 그들의 장례마저
가르치지 않는다는 그대의
믿음, 행동의 흥분이여!

　따라서 삶은 좋든 나쁘든 어떤 형태로든지 긍정되고 계속
되어야 한다.

굴뚝 연기의 검댕으로도 저희는 다시
저희들의 얼굴을 치장할 수가 있습니다
하늘의 별로도 저희는
저희들의 길을 알 수 있습니다
겨울엔 늦잠 끝의 아침을 보고
여름엔 여름의 옷을 입겠습니다
큰 바람도 겹치는 지금은
오래 살고 싶을 내장을 버리면서
힘센 사냥꾼 오리온좌에 쓰러져 저희들로 하여금
밤참을 먹도록 해주세요.

한때는 겨울이 세상을 지배하고
다시 여름이 세상을 지배해도
뜨거운 밤참을 차리는
날개로 된 식탁의 다리들을
거대한 망치로 두들기게 해주세요.
일을 하는 목수의 자유 속에
여름과 겨울 사이로 달리는
푸른 손의 열 가락을
기쁨의 한가운데로 밀어넣게 해주세요.

저희들의 승리가 비록
거리에서 별을 바라보는 일일지라도.

　여름이면 여름, 겨울이면 겨울대로 살아야 하는 삶은 「완전한 하루」에서는 보다 일상적인 일들에 대한 긍정으로 나타난다. 그래서 〈큰 건물의 검은 입으로부터 한 아이가 뛰어나〉오는 것, 〈가방을 든 여자가 걸어〉가는 것, 〈아이스크림 하나로 기분 좋아진 사람 걸어〉가는 것까지도 시인의 감격의 원인이 되기도 한다. 삶의 조건은 그 자체로서, 또 시대의 상황으로 하여 불리지만, 비록 우리 삶의 장소가 〈껌정 매연이 발목을 걸고 코를 꿰는 거리/딱딱한 물, 딱딱한 공기 마시는 거리/슬픔이 없는 슬픔의 거리〉일망정 삶은 긍정되어야 한다. 그리고 어쩌면 우리의 삶이 불만족스러운 것은 우리가 그만치 삶의 가능성을 잠재적인 형태로라도 가지고 있으므로다. 정현종은 이것을, 그가 늘 잊지 않는 유머 감각을 발휘하여 다음과 같이 표현하고 있다.

사랑이 크면 외로움이고 말고
그러지, 차나 한잔하고 가지

6

〈사랑이 크면 외로움이고 말고.〉 외롭다는 것은 사랑이
그만치 크다는 말이고 사랑이 크다는 것은 그만치 외롭다는
말이다. 또 나아가서 크게 사랑한다는 것은 외로움을 사랑
한다는 말이기도 하다. 이런 역설적인 관계는 정현종의 생
에 대한 철학적 지도에서 한 정점을 이룬다. 이것은 우리가
위에서 살펴본 허무와 도취의 철학으로부터 불가피하게 이
르게 되는 한 종착점이라고 할 수도 있다. 다시 되풀이하여
보면 삶은 근본적으로 죽음과 무(無)의 심연에 던져져 있는
것이다. 삶에는 그것을 받들어주는 어떠한 초월적인 근거도
없다. 삶의 의의는 오로지 삶의 자발적인 의욕으로 발생하
므로 삶에의 의지는 존재의 강도에 정비례한다. 따라서 이
러한 의지의 가장 높은 표현으로서의 무도는 생존의 최고
형태가 된다. 또는 적어도 자기몰입 자기도취의 여러 형태
가 생존의 방식이 된다. 그러나 도취의 삶은 삶의 대부분을
부정하는 것이 된다. 삶이 우리의 의지에 의해서만 스스로
의 근거를 마련한다면, 우리는 삶의 전체를 의욕하여야 하
며 이것은 도취 없는 삶까지도 포함하여야 한다. 또는 역설
적으로 말하여 우리는 어느 때나 삶의 전체를 의욕하고 있
다고 할 수도 있다. 왜냐하면 도취 없는 삶, 권태로운 삶이
란 것도 우리가 도취를 추구함으로써 그렇게 나타나는 것이
고, 그렇게 본다면 그러한 삶도 우리의 의지 속에 존재하는

것이기 때문이다. 우리가 생의 현실에서 외로이 소외된 채로 있다면 그것은 우리의 생존, 나아가서 모든 사물이 그러한 소외를 극복하고자 하는 의지, 즉 사랑 속에 있기 때문이다. 따라서 〈사랑이 크면 외로움이고 말고.〉

정현종 씨의 근년의 노력은 주로 이러한 인간 의지의 역설적인 내용을 확인하는 데 경주되었다고 할 수 있다. 물론 이것은 단순히 있는 대로의 세계를 긍정하려는 것보다 매우 복잡한 의미에 있어서 생의 현실이 인간 의지의 자발성 속에 있음을 확인하고 주어진 현실보다도 더 창조적인 세계가 가능하다는 것을 보여주기 위한 것이다. 이런 의미에서 정현종 본래의 출발점, 즉 생의 자발성에 대한 통찰은 그대로 남아 있는 것이다. 그러나 삶이 우리의 의지와 일치한다고 하더라도 우리의 의지를 벗어나는 듯한 객관적인 세계에 대해서도 그렇게 말할 수 있을까? 여기에 대하여 그렇다고 대답하려면, 우리는 인간의 정의(情意)와 세계의 있음에 대하여 매우 특이한 이해를 가져야 한다. 지난 10여 년 동안의 정현종의 발전은 여기에 대한 이해의 진전이다.

7

이 진전은 도취에의 의지에서 사물에의 의지에로의 변용이라고 할 수 있다. 도취에서 또 사물의 생성에서 우리의 의지는 일단 외부 세계와 일치한다.

도취 속에서 인간의 욕정은 세계를 포용하고 이와 조화를 이룬다. 정현종의 시에 나타나는 많은 혼융(混融)의 이미지들은 욕정 속에 해소된 세계를 보여준다. 「교감」에 있어서의

젖은 안개의 혀와
街燈의 하염없는 혀가
서로의 가장 작은 소리까지도
빨아들이고 있는
눈물겨운 욕정의 친화

는 그 대표적인 예가 될 것이다. 이외에도 안개와 밤의 이
미지 또는 〈스민다〉, 〈흐른다〉는 말들은 모두 이러한 혼융
의 상태를 가리키는 것들이다.

이것들은 말하자면 우리의 의식 속에 외계의 사물들이 해
소되는 경우이다. 그러나 보다 적극적으로 외계가 우리의
의식이나 욕망 속에 탄생한다는 욕망의 존재론은 정현종 철
학의 다른 내용을 이룬다. 「공중놀이」에서 이미 존재는 바
람처럼 홀연한 것이지만, 이것은 인간의 정신을 통하여 뚜
렷하고 날카로운 것으로 정립된다는 명제가 시사되어 있다.

하늘 아득한 바람의 신장!
바람의 가락은 부드럽고 맹렬하고
바람은 저희들끼리
거리에서나 하늘에서나 아무 데서나
뒹굴며 뒤집히다가
틀림없는 우리의 잠처럼 오는
계절의 문전에서부터 또는 찌른다
정신의 어디, 깊은 데로
찌르며 꽂혀오는 바람!

이와 같은 생각은 「바람 병」에서 더욱 분명하게 표현되어

있다. 여기서도 존재는 바람에 비유되어 있는데 이것은 인간의 정의를 통해서 자기 실현을 이룩하는 것으로 생각되어 있다.

> 저 밖의 바람은
> 심장에서 더욱 커져
> 살들이 매어달려 어둡게 하는
> 뼈와 뼈 사이로 불고
>
> 그리 낱낱이 바람에 밟히는 몸은
> 혹은
> 손가락에 리듬의 금환을 끼며
> 머나먼 별에게 춤추어 보이기도 하네.

「꽃 피는 애인들을 위한 노래」에서도 시인은 모든 것이 욕망 속에 있는 상태를 이야기한다.

> 겨드랑이와 제 허리에서 떠오르며
> 킬킬대는 만월을 보세요
> 나와 있는 손가락 하나인들
> 욕망의 흐름이 아닌 것이 없구요

같은 생각은 「붉은 달」에서 시인으로 하여금 붉은 달이 사람의 메아리로서 중천에 걸려 있음을 보게 한다. 자연은 인간의 욕망의 소산인 것이다. 또 이런 생각은 「물의 꿈」에서는 사물의 현존을 뒷받침하고 있는 것은 인간의 성욕이라는 대담한 주장으로 나타나기도 한다.

나는 나의 성기를 흐르는 물에 박는다. 물은 뒤집혀 흐르는 배를 내보이며 자기의 물의 양을 증가시킨다.

위에서도 이미 시사한 바 있지만, 여기에서 사물이 내 욕망의 대상으로 있다고 하더라도 여기에서의 욕망이 앞에서의 도취와 해소의 용매로서의 욕망의 경우와는 다른 것임에 주의하여야 한다. 간단한 의미의 도취에 있어서 사물은 우리 욕망의 소모 대상이 된다. 그러나 여기에서 욕망은 사물을 생산해 내는 것이다. 이러한 욕망은 매우 특이한 것으로서 역설적으로 말하여 금욕적인 욕망이라고나 할 그런 것이다. 하이데거는 『침정 *Gelassenheit*』이라는 책에서 우리는 〈뜻함을 버릴 것을 뜻하는 뜻함의 버림〉으로써 참다운 사유에 이른다고 말하고 이러한 사유의 뜻함에서 사물이 사물로서 드러남을 이야기한 바 있는데, 정현종의 욕망도 이에 비슷한 바가 있다. 가령 구극적으로 그것은 그가 가장 최근의 시에서 이야기하듯이 〈마음을 버리지 않으면 차지 않는 이 마음〉(「마음을 버리지 않으면」), 즉 스스로를 버리는 마음을 말하는 것이다. 물론 정현종의 〈욕망〉이 이러한 〈마음〉처럼 완전히 제독(除毒)된 의식이라고 하는 것은 조금 지나치게 단순화하여 말하는 것이다. 그것은 하이데거와 또는 선불교(禪佛敎)의 경우처럼(사실 정현종의 무집착의 집착은 선적인 것이다) 종교적인 것이 아니라 훨씬 차안적(此岸的)인 것이다. 그의 욕망은 어디까지나 욕망으로서 이 세상의 삶을 긍정하려는 의욕과 일치한다. 단지 이 욕망은 있는 것을 있는 대로 있도록 스스로의 고독을 받아들이려는 역설적인 욕구도 포함하는 것이다. 다시 말하여 그것은 스스로의 부재를 뜻하는 역설적인 의지이다.

그러나 주의할 것은 이러한 자기 소멸의 의지가 단순한 객관성에의 의지를 뜻함이 아니라는 것이다. 그것이 객관성과 일치하는 것이라면, 아마 과학자가 이러한 의지를 가장 잘 대표하고 있을 것이다. 그러나 정현종의 생각에, 시인이야말로 진정한 의미에 있어서 사물을 사물로서 있게 하는 존재에의 의지를 대표한다. 시인의 객관성은(인간의 주관적인 개입을 배제하려는 과학자의 노력에서처럼) 사물이 인간과 관계없이 저대로 존재한다는 것을 확인하려는 데서가 아니라 사물이 인간과 더불어 탄생하는 것을 보여주려는 노력에서 얻어지는 것이다. 어느 화가는 〈사물이 탄생하는 것은 내 육체 속에서〉라고 말한 일이 있지만, 시인이 드러내려는 것도 바로 이러한 존재론적인 진실이다. 이러한 시도에 있어서 시인은 스스로의 의지를 끊임없이 단련하여야 한다. 그러나 이것은 단순히 인간적 정의를 배제함으로써 가능한 것이 아니다. 오히려 그것을 더욱 강조할 필요가 있을 수도 있는 것이다. 이러한 점은 정현종이 쓴 예술가의 기능에 대한 시, 가령 「배우를 위하여」나 「시인」 등에 잘 나타나 있다.

　　　행동을 버릴 것, 지니지 말고
　　　말을 버릴 것
　　　버렸다는 생각이 들겠지만 버렸다고 생각했을 때
　　　다시 버리고 자기의 것이라고 생각했을 때
　　　자기를 버리고 그리고
　　　박수 소리를 버리고
　　　웃음을 버리는 웃음
　　　표정을 버리는 표정

슬픔의 주인은 슬픔, 기쁨의 주인은 기쁨
　　행동의 주인 말의 주인은 각각 그것들 자신이도록 하
고……

　정현종의 배우를 위한 충고는 이러하지만, 시인에 대한
진술은 이것을 조금 더 분명하게 되풀이하고 있다.

　　사물을 캄캄한 죽음으로부터 건져내면서
　　거듭 죽고
　　즐거울 때까지 즐거워하고
　　슬플 때까지 슬퍼하고
　　무모하기도 하여라
　　모든 즐거움을 완성하려 하고
　　모든 슬픔을 완성하려 하고……

　시인은 이렇게 사물로 하여금 사물이게 하고, 또 동시에
인간의 의지와 감정으로 하여금 그것 스스로이게 한다.
　이것은 결국 인간의 정의(情意)와 사물은 하나이기 때문
이다. 「소리의 심연」에서 정현종은 시인의 사랑이 듣는 소
리는 곧 사물 자체가 필요로 하는 소리와 등가(等價)의 것
이라고 말한다.

　　나는 소리의 껍질을 벗긴다
　　그러나 오래 걸리지 않는다
　　사랑이 깊은 귀를 아는 소리는
　　도둑처럼 그 귀를 떼어가서
　　소리 자신의 귀를 급히 만든다

소리 자신의 목소리에 귀를 붙인다
내 떨리는 전신을 그의 귀로 삼는 소리들
모든 소리의 핵 속에 들어 있는 죽음
모든 소리는 소리 자신의 귀를 그리워한다.

　이것은 사람과 사람의 관계에서도 마찬가지다. 우리는 사람을 사랑하고 이해하고자 한다. 그러나 그러한 과정은 우리의 사랑과 이해 속에 절대적으로 따로 있는 타자(他者)로서의 애인을 탄생하게 하는 것이다. 이러한 관계는「그 여자의 울음은 내 귀를 지나서도 변함없이 울음의 왕국에 있다」에 재미있게 표현되어 있다.

　　나는 그 여자가 혼자
　　있을 때도 울지 말았으면 좋겠다
　　나는 내가 혼자 있을 때 그 여자의
　　울음을 생각하지 말았으면 좋겠다
　　그 여자의 울음은 끝까지
　　자기의 것이고 자기의 왕국임을 나는
　　알고 있다
　　나는 그러나 그 여자의 울음을 듣는
　　내 귀를 사랑한다.

　시인은 〈그 여자〉의 내면 생활에 말려들기를 원하지 않는다. 또 그것은 사물의 성질상 당연한 것이다. 그러나 시인은 그러한 절대 고립 속의 소리를 듣는 것이다. 그것도 어쩌면 자기의 유아론적(唯我論的)인 왜곡을 수반하는 것인지도 모른다는 생각을 가지고.

사랑으로 대표되는 인간의 정의와 사물과 또 인간의 정의와 정의는 이렇게 일치한다. 정현종의 시집의 제목 〈사물의 꿈〉이 의미하는 것도 이러한 일치의 상태이다. 구극적으로 사람의 꿈은 곧 사물의 꿈인 것이다. 「거울」이라는 시가 말하듯이 우리는 사람의 〈모든 감각 속에 숨어 있는 거울이 어디서 왔는지〉는 모르지만, 사물은 서로서로를 비추며 하나로 있다.

8

그러나 우리는 다시 한번 우리가 사물의 진실과 하나로 있다고 할 때 그것이 객관적인 사물을 말하는 것이 아님을 상기하여야 한다. 오히려 정현종이 이야기하려는 것은 우리가 욕망하는 것이 바로 진실이라는 것이다. 그러니까 과학적인 입장에서 본다면 그의 세계는 오히려 오류와 허위의 세계처럼 보일 수도 있다. 정현종 자신도 이것을 알기 때문에 그는 「그대는 별인가」에서 다음과 같이 사물의 사물스러움에 대한 탐구와 허위가 일치함을 말한다.

> 그대의 육체가 사막 위에 떠 있는
> 거대한 밤이 되고 모래가 되고
> 모래의 살에 부는 바람이 될 때까지
> 자기의 거짓을 사랑하는 법을 연습해야지
> 자기의 거짓이 안 보일 때까지,

라고, 또는 이와 반대로 「K네 부부의 저녁 산보」에서는 사랑의 과정이란 허위를 통하여 진실에 이르는 것이라고 말하기도 한다. 즉 끊임없이 사랑을 완성하고자 하는 부부는 〈옷 벗듯이 꿈도 벗〉게 마련인 것이다.

허위 즉 진실이라는 니체적인 주장은 인간의 의지가 곧 존재의 의지라는 것을 가장 극단적으로 표현한 것이다. 그러나 이것이 퇴폐적인 허무주의라고 볼 수는 없다. 니체 또한 〈수동적인 니힐리즘〉과 〈능동적인 니힐리즘〉을 구분하여 말한 바 있지만, 정현종이 이야기하고자 하는 것은 구극적으로 존재의 창조성인 것이다. 존재는 늘 무(無)로부터 창조적으로 나타난다. 존재의 바탕이 무인만치 그것은 일종의 환영(幻影)에 비교할 수 있는 것이다. 말하자면 늘 무의 그림자에 비쳐 있는 존재가 별로 현실의 질감을 얻지 못한다고나 할까. 그러나 우리들이 아는 현상에 대하여 다른 실재가 있는 것은 아니다. 우리에게 주어진 현상은 유일한 실재이다. 인간은 무 가운데 명멸하는 현상을 창조적으로 산다. 이러한 인간의 실존에 대한 탁월한 시적 표현을 우리는 「집」에서 발견할 수 있다.

떠남도 허락하고
돌아감도 허락한다

정현종은, 존재로 파악될 수도 있고 무로 파악될 수도 있는 인간의 삶의 터전의 가능성을 이렇게 표현한다. 그것을 떠날 수도 있고 돌아갈 수도 있는 우리의 자유 의사에 기초한 곳이다. 그러나 우리가 자유로운 것은 그렇게 〈허락〉되었기 때문이다.

떠나는 길과 끝나는 길이
만나서
모든 도중의 하늘에
별을 빛나게 하고
흘러가는 모든 것들을
한 번의 폭포로 노래하게 한다.

사람이 사는 것은 존재와 무의 바탕에서 끊임없이 떠나고
또 그것으로 돌아가는 데서 이루어진다. 그 사이의 창조적
인 초월은 하늘이 되고 별이 되고 흘러가는 시간이 되고 무
엇보다 폭포처럼 힘찬 노래가 된다.

그러나 사람은 본래의 바탕을 떠나거나 거기에 돌아가거
나 허용되는 테두리 안에 있다. 사람이 진실의 바탕을 떠나
는 것 같아도 그것은 진실과 하나인 것이다.

한 마리의 잃어버린 양은
목동이여 찾아 헤매는 그대 마음인데

이렇게 잃어진 것과 잃음을 찾는 마음은 일체이다. 그러나

부는 바람과 흐르는 시내가
자비와 쓸쓸함으로 온다 한들
어떤 편안한 잠이
그대의 소유와 상실을 덮어줄까
어떤 길이 마침내
죽음에게 길을 열어줄까.

사람이 설사 자연과 일치한다고 하여도 그것은 〈자비와 쓸쓸함〉으로 표현된 인간으로서의 거리를 통해서이다. 그리고 사람은 존재의 〈소유와 상실〉 사이에 방황하며 그것과의 합치를 희구하지만 또 희구하여야 하지만, 이를 가능하게할 어떠한 잠도 도취도 없는 것이다. 결국 이것은 〈죽음〉에서만 가능할 것이기 때문에

안정은 제 마음을 버리고
강물에 비치는 고향
때때로 무의식으로 우는 이마
깨어서도 젖는다.

구극적인 〈안정〉, 존재에로의 돌아감은 우리로 하여금 존재에서 멀어지게 하는 의식을 벗어나 〈강물에 비치는〉 듯한 투명한 상태에 이를 때 얻어질 수 있으나 이것은 이룰 수 없는 이상, 그것은 무의식의 상태로서 투명한 상태가 아니며 오로지 명증하면서 명징하지 못한 의식이 고통으로서 그리는 대상이 될 뿐이다.

9

정현종은 사람이 죽음의 그림자와 본질로부터의 이탈을 피할 수 없으면서도 스스로가 살 수 있는 〈집〉을 스스로 창조한다는 것을 확인함으로써 그의 철학적 구도를 일단 끝내는 것으로 볼 수 있다. 위의 해설에서 밝히려고 한 대로 그의 인간 존재에 대한 철학적, 시적 탐구는 드물게 심각하고

철저한 것이다. 그것은 한마디로 말하면 주로 인간에게 있는 욕망의 인식론에 관계된다고 해도 좋다. 그러나 어떤 독자들은 이런 인식론적 탐구에 약간의 거리감을 느끼지 않을 수 없을 것이다. 대부분의 우리는 인식하기 전에 살고 있다는 것을 중요시하며, 누구보다도 시인은 우리의 이러한 관점에 동조하는 사람이기를 기대한다. 그러나 우리는 정현종을 위하여 말할 수 있다. 그의 욕망의 인식론은 결국 사랑의 정치학을 가능케 하는 것이라고, 그의 인식론적 탐구는 사람이 사는 삶이 살 만한 것이며 살 만한 것이어야 한다고 말하기 위한 것이라고. 또 이것은 단순히 모든 사물을 철학적 근거하에서만 받아들일 수 있는 어떤 특정한 개인의 삶만을 위하는 것이 아니란 것도 우리는 말할 수 있다. 다시 말하여 그의 사랑이 가능하게 하는 마지막 한계가 곧 삶의 한계라는 생각은 곧 우리가 사는 시대에 대한 척도가 되는 것이다.

정현종이 우리의 일상이 답답한 것이라고, 도취와 기쁨이 없는 것이라고 말할 때도 그것은 우리의 시대와 사회에 대한 고발이 된다. 또는 내면의 세계로 우리를 초대하며

갈 데가 없는 기쁨, 갈 데가 없는 슬픔이
저의 방에 와서 놀고 있다
자기의 방은 무덤처럼 불편하고 길처럼 편안하다.
───「자기의 방」

라고 할 때도 이것은 기쁨도 슬픔도 없는 바깥 세상에 대한 고발이 된다. 그러나 이것이 비교적 부차적인 효과라고 한다면, 우리는 정현종이 최근에 올수록 그의 욕망과 사랑의

철학이 우리 시대 전부에 대하여 갖는 의미를 스스로 강하게 의식하고 있음에 주의하여야 한다. 가령 우리는 위에서 사물과 감정을 있는 대로 있게 해야 한다는 주장을 내포하고 있는「시인」을 인용하였지만, 그 마지막 행은 시인의 사명을 시대에 연결시켜 다음과 같이 말하고 있다. 시인은 〈시대의 소리에 재갈을 물리는 강도를 쫓아 밤새도록 달리〉고 있는 자라고, 또는「사랑 사설 하나」에서 〈사물을 가장 잘 아는 법이 방법적 사랑〉이라고 말하고, 우리는 그 대가의 여하에 불구하고 사물과 인간을 사랑하여야 한다고 말할 때 또 이어「노시인(老詩人)들 그리고 뮤즈인 어머니의 말씀」에서 〈사람들과 같이 어떻게 하면 잘 살 수 있을까〉 하고 생각하는 것이 시의 원동력이라고 말할 때, 우리는 정현종의 욕망의 인식론이 어떻게 사랑의 정치학으로 연결되는가를 본다.

사실 정현종의 시에서 가장 값나가는 것은 이러한 부분이라고 할 수 있다. 이것은 우리가 시인이 스스로의 문제만이 아니라, 우리 개개인의 문제에도 언어적 표현과 예지를 부여하기를 기대하기 때문이다. 그러나 이것은 또한 순전한 시의 기법상으로도 그렇다. 이렇게 말하는 것은 그의 초기의 도취의 시의 언어에 비하여 그의 최근의 언어가 한결 높은 경도(硬度)의 조소성(彫塑性)을 얻고 있기 때문이다. 가령「독무」의 정확하나 산만한 음악의,

　　사막에서도 불 곁에서도
　　늘 가장 건장한 바람을, 한끝은
　　쓸쓸해하는 내 귀는 생각하겠지.

와 「나는 별아저씨」의,

　　나는 별아저씨
　　별아 나를 삼촌이라 불러다오
　　별아 나는 너의 삼촌
　　나는 별아저씨

의 단순성, 또는 더욱 최근의 「불쌍하도다」에서의

　　시를 썼으면
　　그걸 그냥 땅에 묻어두거나
　　하늘에 묻어둘 일이거늘
　　부랴부랴 발표라고 하고 있으니
　　불쌍하도다 나여
　　숨어도 가난한 옷자락 보이도다

의 수수께끼 같은 간경(簡勁)함을 비교해 볼 것이다. 하여
튼 내용으로나 기교로나 정현종이 철학의 내면으로부터 인
간의 공공 광장으로 나온 것은 크게 다행한 일이다.
　그러면 그의 철학적인 탐구는 왜 필요했던가? 50년대의
유산이 있다면 그것은 허무 의식과 실존주의라고 할 수 있
다. 우리가 아무리 이것을 멀리하고 싶어도 그것을 그냥 버
릴 수는 없는 것이다. 추상적인 파기(破棄)는 폭력을 초래
한다. 그것은 엄정한 사유와 공적인 토의에 의하여 구체적
으로 극복되어야 한다. 뿐만 아니라 허무의 시대는 그것대
로 우리의 유산에 보태주는 바가 있다. 허무의 의식은 우리
로 하여금 시원(始源)으로 돌아가게 한다. 그리고 시원으로

부터의 인간적 진실의 확인은 우리를 자의(恣意)로운 출발, 따라서 폭력으로 부과될 수밖에 없는 출발로부터 우리를 해방하여 준다. 정현종에게 죽음과 허무와의 대결이 필요하였던 것도 이러한 논리에서 찾을 수 있다. 그러나 그것은 극복되어야 할 것이었다. 최근의 정현종은 이러한 극복의 과정을 완성한 것처럼 보인다. 우리는 앞으로 그가 보다 직설적으로 우리가 당면하고 있는 삶의 전모에 대하여 이야기하여 주리라 기대하여도 좋을 것이다.

독일의 실존 정신분석학자 루드비히 빈스방거 Ludwig Binswanger는 「꿈과 실존」이란 글에서 일찍이 삶의 다양한 모습을 조화시켜 하나의 정치적 · 실존적 · 신화적 · 과학적 공동체를 이루었던 희랍의 예를 들어 이상적인 상태에서 우리의 꿈과 세계에 대한 이성적인 이해, 개인적인 실존과 사회적인 역사는 일치할 수 있는 것이라고 말하고 있다. 정현종이 지금까지의 시적 탐구에서 도달한 점은 꿈과 사물이 근본적으로는 하나라는, 매우 중요한, 중요하면서도 오늘날의 현실에서 상실되어 버린 인식이다. 상실되었다는 것은 꿈이 개인의 내면으로, 사물이 사회와 과학의 관료 조직 속으로 도망해 들어갔다는 말인데, 정현종 자신이 이러한 사실을 모르는 것이 아니다. 그러나 그가 지금까지는 꿈과 사물에 대하여 보다 많이 이야기하고 꿈의 담당자와 사물의 담당자에 관하여서는 비교적 드물게밖에 이야기하지 않았던 것도 사실이다. 우리는 앞으로 그가 보다 구체적으로 실존과 역사의 관계에 대하여 탐구해 줄 것을 기대한다.

(문학평론가 · 고려대 교수)

연보

1939년	서울에서 태어남.
1965년	연세대학교 철학과 졸업.
	《현대문학》을 통해 등단.
1972년	시집 『사물의 꿈』.
1974년	시선집 『고통의 축제』.
1975년	산문집 『날자 우울한 영혼이여』.
1978년	시집 『나는 별아저씨』. 이 시집으로 한국
	문학 작가상 수상.
1978–1982년	서울예전 문창과 교수.
1982년	산문집 『숨과 꿈』.
1984년	시집 『떨어져도 튀는 공처럼』.
1989년	시집 『사랑할 시간이 많지 않다』.
	산문집 『생명의 황홀』.
1992년	시집 『한 꽃송이』.
1995년	시집 『세상의 나무들』.
번역	『스무 편의 사랑의 시와 한 편의 절망의 노래』(네루다 시선) 『강의 백일몽』(로르카 시선) 『예이츠 시선』 『프로스트 시선』 등.
현재	연세대 국문과 교수.

오늘의 시인 총서 11

고통의 축제

1판 1쇄 펴냄 1974년 9월 25일
1판 10쇄 펴냄 1992년 5월 10일
2판 1쇄 펴냄 1995년 11월 20일
2판 6쇄 펴냄 2015년 9월 24일

지은이 정현종
발행인 박근섭, 박상준
펴낸곳 (주)민음사

출판등록 1966.5.19. (제16-490호)
서울특별시 강남구 도산대로1길 62(신사동)
강남출판문화센터 5층 (우편번호 06027)
대표전화 515-2000 팩시밀리 515-2007
www.minumsa.com

ISBN 978-89-374-0611-9 04810
ISBN 978-89-374-0600-3(세트)